Pontos e vírgulas

Poemas

(Poemetos 40)

Gustavo Ferreira Rossi

Índice Poemetos 40

Dedico este livro para toda minha família

"Dúvida"

Não sei se amo mais as pessoas,
O mundo
Ou a Deus

Dúvida que permanece intacta no meu coração
Desde que comecei a prescrutar os indestrutíveis
mistérios da vida

E que me faz amar a todos,
Sem condições,
Irresistivelmente

Sou feliz por isso

Seja mais feliz quem, paralelepípedo,
É amado como as pedras
De uma montanha mágica

Tua fé pode movê-la, além

Teu amor, fazê-la maior

Tua esperança, comover os pássaros

Talvez os homens...

"Resident Evil'

Tu pensas que podes mata-los, todos
(Mata-los antes é suicídio,

Pois te mordem os sonhos)

Zumbis existem aos milhões,
Te olham nos olhos

A epopeia comunista?
Haverá salvação assim, à vista?

As balas, camarada, uma hora acabam

"Versinhos"

Poesia não é para quem entende muito de arte

Poesia não é para quem não entende nada de arte

Poesia não é para quem

É para quem, Belém bem bem, entende um
pouco de coração

"Percalços"

Meu reino não é deste mundo, disse Jesus

Foi condenado por isso?

Por ser rei de outro mundo?

Pois é rei deste também agora,
E muito sangue, Seu e de muitos outros,
Trouxeram progresso espiritual e material
A um mundo marcado pelo atraso
E pela brutalidade rançosa

Os que aqui governam são sósias Dele,
Quiçá tantos erros, quiçá tantas rosas

Os percalços de Deus
Só fazem este mundo muito mais bonito

Mais bonitos que prosa:
Poesia é o que Deus escreveu

A respeito do mundo
A respeito dos homens
A respeito da vida

"Os sinos"

Os sinos imitam a batida dos corações

E os corações bateram muito, muito antes,
Platão, da ideia dos sinos, de qualquer deles,
paraísos extintos sem culpa

Éramos animais e já éramos tão pungentes, tão
contundentes, feitos de carne, aço e sonhos

Os sinos, batendo à tardinha, chamando para a
missa, nos ensinam a cantar

Por isso quando os sinos batem,
E neles há a glória do divino,
Se somos humildes como preces,
Dá uma vontade de chorar

"Ousadia"

Apesar da minha infinita tristeza, sou um pouco
alegre, como Ícaro sem uma asa

E o que é a tristeza, senão alegria deplorada?

Diferente é a felicidade

Só são felizes os que sofreram...

Eu sofri...

Mas passei por este mundo em lençóis brancos

Os que sofreram não passam

Simplesmente porque, um dia,
Tiveram a ousadia de ser felizes

Essas cicatrizes...

Não são nada, senhor...

Não são nada...

"Delírio"

Tu dizes cão

Mas tu és o cão do cão

Teu delírio está na flor
E não no pão do pão

Que teu suor te traga o merecimento

Porque os dias se gastam

Tu, que renovas a esperança de dias melhores,
Não largue o osso da salvação

Teu delírio está no amor
E não na perdição

Faça-te melhor que o martírio
Que está na vida consagrada
A deuses menores

A absolvição está no teu coração

Nem Deus pode concedê-la

Não pode

Não sem ti, e teu delírio de flor

"Evolução"

A humanidade caminha nos calcanhares de
Cristo,

Mas jamais o alcançará

O fato de caminhar mais rápido ou mais
lentamente não significa evolução

Há nisto um misto de amor e ódio

A cruz pesa quando posta nas mãos,
Principalmente em mãos maiores
Que o perdão que não concedem

A humanidade não o atinge porque Ele não se
deixa atingir,
Pássaro ensinado a não cantar,
Senão para os humildes de coração

Ele, sim, é evoluído

Porque dita os passos do mundo

Ensina o caminho à caminhada

O amor aos sentidos mais profundos

"Bicho estranho"

Computador sempre foi um bicho estranho

Pelo menos para a minha geração

Tivemos pesadelos com telas verdes,
Embora muitos o tenham amado demais desde o
princípio

Pois chegou o dia, em que viciados dele e de
outras drogas, lícitas ou não, o carregamos nas
mãos

O carregamos como se fosse crucifixo ou Rosa

Será que chegará o dia, se é que este dia já não
chegou,

Que será ele quem nos levará nas mãos?

"Pelé e Friedenreich"

Friedenreich é para nós, espírito,
Muitos não o viram

Pelé é um deus em carne e osso,
É nosso, picanha, costela e o que é colosso

Temos muito dos dois

Pelé e Friedenreich caminham juntos por este
mundo

Jogam juntos, num só fluído

São irmãos, e não são divididos

Porque juntos se combinam:
Carne, osso, espírito

Grita-se gol mais de mil vezes,
Num único grito

"Sentença"

Dá licença,
Que cabeça de mulher
Não dá sentença

O que elas dizem é lei,
Mas lei para não ser cumprida

A lei da vida é paridade

Pois o que o homem profere,
Acorda, meu amigo,
Que não é acórdão

Se a criança chora,
Demora, que vai chover

E a chuva diz muito mais que a mulher
E o homem juntos

Soberano, não é de todo mal dizer
Que tu dizes muito menos que todos os defuntos

"Danação"

Quem diz amém para tudo,
Transforma todas as coisas em matéria divina

Que certas coisas são humanas,
Como escorregar na casca de banana

Por favor, não atribua essa maldade do homem a
Deus,
Que um pisa onde o outro desliza
E assim se erguem castelos
E penitenciárias

A vida tem dessas coisas
Na sua labuta diária

Diga assim seja
Para coisa de igreja,
Maldade do coração
Ou danação da vida

Válvula"

Posto que chore o coração,
Não chorarás para sempre

E se for válvula,
Posto que se abra,
Também se abrem os olhos,
Propensos às lágrimas

Não chorarás para sempre,
Pois cada batida de vida,
Engana o coração
E suborna todo homem

Acabarás sorrindo,
Simplesmente porque foi lindo
O simples motivo, um dia,
(E assim é o remorso da alegria)
De chorar para sempre

"Dia do beijo"

Todo beijo é um despejo de coisas loucas

Pois que o sentimento é uma coisa maluca

Tu que beijas sem sentimento,
Faz do tesão algo aceso

Que, assim, iluminarás o caminho de quem ainda
não beijou

(E muitos ainda não beijaram, não
verdadeiramente)

Pois que todo beijo é um despejo de coisas
doidas

Pois, beije, beije,
Kiss, kisses

Antes que o tempo raciocine,

Esse minésio geômetra da fanfarrice!

"Gelatina"

Amanhã eu faço,
Deixa pra amanhã

Mas o amanhã não existe

Não existe ainda como dia,
Como carne:
Impossível come-lo
E palitar os dentes
Da tremenda fome
Do tempo

Pois o tempo devora tudo,
Inclusive a ti

E te prega peças

Faz com que peças o amanhã
Para devorar-te

Se teus olhos continuam
Com a mesmíssima cor,
Repara que perderam um pouco
Do brilho das manhãs

Faz hoje,
Que o hoje te devora,

Mas tu também o devoras
Mata a fome senil
Do teu ser inescrupuloso
E sonhador

Por favor,
Deixa as estrelas fora disso

E sobretudo as crianças,
Mesmo as perdidas na gelatina das horas

"Robustez"

Se fores adivinhar algo,
Adivinha a hora, o minuto,
O segundo, o milésimo

Adivinha o tempo e não a coisa

Porque a coisa será consumida
Pela hora, pelo minuto,
Pelo segundo, pelo milésimo

Adivinha a coisa,
Doce preparado por Deus
Para a tremenda robustez
Do teu estômago

"Porisso"

Eu posso o Porisso?

Gramática é sanidade,
Sermão de padre,
Perdão de puta

Me desculpem,
Preciso urgentemente de poesia,
(alguma poesia),
Alguma sobriedade
E de algum vício verdadeiro

"Neblina"

Teus pés se feriram na neblina

Por isso pisam o chão de alguma estrela

Fantasia demais deixa os olhos desnudados

E o que querem, além da tua cegueira?

Caminha pela casa de saudades

Envelhece como quem atravessa uma rua

Teu peito foi flechado

Mas foi teu coração que se feriu

Teus pés deslizaram na neblina

Escrevo estes versos, devaneios, como quem
sonha

"CLT"

Depois que o homem pecou,
Deus suspendeu as férias,
Como um ditador na hora da merenda

(Fomos crianças a ponto de pecar com frutas)

Pois que cada homem,
A partir daquele momento,
Tinha de suar o rosto para comer,
Fazer o bem contra o inimigo e procurar
Perdoar o irmão benfazejo

Deus suspendeu as férias,
Sem audiência de conciliação

Por isso que hoje,
O homem, desobediente,
Criou as férias trabalhistas,
Uma tramoia a dar nas vistas

Para que possa descansar
De suas obrigações pontuais:
Esquecer um pouco da labuta,

O que se tornou sua vida,

(Pura contrição sem hóstias, mas com mesas de
Eucaristia)

E simplesmente deixar o coração
Descansar em paz

Quem conseguirá tal proeza depois de Adão e
Eva?

Eles são os únicos que, literalmente,
Mostraram a língua a Deus

Nos condenaram?

Ou criaram a arte moderna?

"Flacidez"

Não fique chateado se seus versos são flácidos

Todo mundo fica velho nesta vida

Não fique triste se seus versos não são bons

Todo mundo tem um pouco de maldade neste
mundo

Fique preocupado se seus versos ficarem

Porque ninguém fica neste mundo nesta vida

"Frutas maduras"

Nasce gente todo dia

Morre gente todo dia

Mas ninguém diz que se vive todo dia

Ninguém diz que se sonha todo dia

O que os poetas dizem não vale muito para a
realidade popular

Viver é difícil

Sonhar, redenção que não se espera

Nascer e morrer são exclamações hediondas,
Fatos consumados,
Frutas maduras no ócio da mesa

"Ls ou Bs"

Um amigo do meu pai que dizia:
"Já vi muita mãe virar puta
E muita puta virar cada mãe"

Pois eu já vi muito homem virar poeta,
Mas nenhum poeta virar homem

Ao ponto de dizer
Que este país está uma merda,

Com As ou Zs,
Com Ls ou Bs....

"Por um triz"

Ando me sentindo mais curvado,
Cada dia, como vaca, muito menos, mais
sagrado,
Mais borboleta no alfinete da lembrança,
Mais criança nas mãos de algum sorvete

O que posso além destes versos,
Se minha humanidade me contradiz?
Sou pessoa, meio bicho, meio triz,
Meio-máquina, meio sensação deste reverso

Ando sentindo e isso me salva
Da bruta epopeia do povo:
Sou homem, sou poeta, sou essa alma,
Que ousou dizer tudo o que calei,
Tudo de novo

"Meia estação"

O ódio são impulsos primitivos que se sentem

O amor, se se o sente, nos sublima

É algo como o clima

O frio e o calor doem na pele,
Obrigam a roupa, sacodem armários, induzem as
rimas

O amor verdadeiro está na meia estação,
Nas folhas derradeiras que o vento leva e
ninguém vê

O amor está no meio

Quem que por acaso já o tenha sentido,
Dirá que não?

"Constância"

Existe um homem que caminha
Num mundo girante,
Num pequenino mundo girante,
Como crianças na hora de dormir

Caminha num certo ritmo destoante os pássaros,
que cantam sóis
E fazem anoitecer estrelas

Esse homem, não, ele caminha

Se caminhar mais devagar, cai deste mundo

Se caminhar mais depressa, este mundo vai sem
ele

Assim é a evolução

Caminhar sempre, suposto caminhar seja
constante

É a constância que faz a meta, beta substância de
deuses e homens

"Pontos e vírgulas"

Beleza é tudo isto que se tem visto

Parece que beleza é estar andando pelo mundo e
de repente colocar uma vírgula, um ponto e
vírgula, um ponto de exclamação em algo e
dizer: isto é belo!

Mas, não

Beleza é tudo

É tudo isso que se tem visto pelo caminho

Os feios (inclusive eu) que me perdoem

"Mais um besteirol americano"

Redenção mesmo,
Quiçá haja tanta redenção nesta vida,
Vai ser o Jason,

Numa sexta-feira 13,
Trocar sua faca desgastada pela morte
Pela lâmina afiadíssima de uma caneta

E escrever poemas,
Diademas,
Com o pouco sangue
Destas veias

"Poema"

Entrei num galpão abandonado
E nele só havia um espelho pendurado,
Como certos homens enforcados
À revelia do destino
São mais homens que meninos,
Quiçá não envelheçam

Pensei que os espelhos,
Quando sozinhos, em desatino,
Possuem identidade própria,
Revelam alguma voz que se ouça
Quando o vento bate na janela
Para despertar o tempo

Mas quando colocados numa casa,
Com outros objetos,
O que são os espelhos,
Se não refletem algo
Maior que eles,
Que seja um rosto ensandecido,
Um corpo de marfim todo vestido,

Enfim, a vida?

O que são os espelhos sem a nossa aparência
senão nada?

O que são os espelhos
Sem as nossas máscaras?

Num galpão abandonado,
Gozam certa identidade

Mas postos junto de um grão de areia
Já não semeiam nada

Olho meus cabelos brancos,
Meus óculos velhos,
Meus braços flácidos,
Lembro de Manoel Bandeira

E pergunto:
Espelhos,
O que sois sem nós,
Sem os nossos reflexos,
Senão nada?

Que voragem vos pertence
Senão a imagem e a ideia de nada?

"Meio-fio"

Tenho caminhado no meio-fio

Tenho caminhado, viu, fio, olhe bem, você é
meu sangue, meus trejeitos, meus defeitos, a
bomba dentro do meu sexo, o amor dentro do
meu peito

E o fio que me liga é comida barata e estes
sonhos pequeninos

Os sonhos vão e vêm

Eu vou, eu não vou, será que vou?

Aonde vou não interessa aos donos do poder

Por isso, um dia, eles o perderão

Sou Pedro pedreiro, sou Chico uma hora dessas

Não tenho pressa

E assim, um dia, vamos desconstruir este país

"O coiso"

O cuspe é um beijo no coiso que vai embora por
meio dos canos

É uma forma de dizer adeus ao sonho

À comida que foi comida e se fez energia

Limpar-se é um ato de coragem
(Pois sua despedida é fúnebre, embora seja festa)

Coisa estranha ficar olhando este ser, escravo da
descarga e do toque malicioso dos dedos

Nós somos o coiso

A coisa

Nós somos os sonhos

"Stravinsky"

Fagulhas no meu jardim começaram o incêndio

Fosse um balão de São João
E todos nós dançaríamos nas brasas

E como pássaros de fogo,
Libertas nossas almas,

De tudo o que é fogão na vida
E panelas sujas de feijão,

Num arranque de pequenas estrelas,
Num século distante do século XX,

Enfim entenderíamos
Villa Lobos, Ginastera,

E a gigantesca música de Stravinsky,

Como labaredas

"Ucrânia"

Destruir um país é fácil

Destruir uma pessoa é mais difícil

Vamos, então, destruir o país que habita dentro
dela

Sonhos se atingem

Casas caem

Uma pessoa não cai

E se cair, se levanta,
Lápide de areia

Ucrânia é um nome distante

Os nomes impróprios não são destruídos

"Carne aos pobres"

É assim que se fala

Será mesmo?

Palavras definem coisas, sentimentos?

Ou são como um touro numa tourada?

Acabam morrendo à custa de tantas espadas?
Na pele, na carne, no couro?

Dê-se, pois, a carne aos pobres

Dê-se palavras aos pobres de espírito

O grito é sentença contra o silêncio

Dá licença!

Palavra alguma consegue soluçar como o vento

É assim que se fala

(Há uma máquina datilográfica que não para de
bater, como dentes)

Ou é assim que se deve calar?

Para que servem, então, as palavras,
Se nos entendemos pelo pensamento?

"1917"

Muitos pensam que os sistemas políticos servem
para manter a ordem ou causar revoluções por
causa de um pedaço de pão

Algo muito justo, aliás...

Mas os sistemas políticos não têm servido para
isso no decorrer da humanidade

Prometendo a igualdade ou a desigualdade,
O que têm feito é afastar o homem de Deus

Antes,
Havia sinos para a missa,
Para os mortos,
Para o casamento,
Para a confusão

Hoje só querem ganhar dinheiro

Os sinos não repicam mais!

"Baba Cão"

Alguém me disse:
Tal cara é um babacão!

Só fala merda e todo mundo gosta dele...
Deveria estar sujeito, urgentemente, às posturas
municipais,

Ao SUS e ao culto de uma igreja,
Essa cereja deturpada

Mas, quando o cão baba,
Sai todo mundo correndo,
Haja ligação para o corpo de bombeiros
E para a Prefeitura

(Sonhei com a imagem tua,
Caguei nas calças e joguei na rua)

Cão raivoso tem que ser morto
Com tiro na cabeça,
Afastem as crianças e as crônicas
Do cão com raiva,
O raivoso Baba cão!

Coitado do babacão
E do cão que baba
Que destino terão,
Senão o destino deles mesmos?

(E nem toda a gente do mundo é assim,
Quase ninguém)

Coitados deles!
Dois infelizes no meio da multidão!

Fica com Deus, poderão conversar bastante,
tenho certeza. Aceite este poema, de um

professor de História sem sala de aula para um
mestre de tantas vidas.

"Zé Cardosinho"

Não conheci Zé Cardosinho profundamente

Seu jeito simples, sua cuca legal

É o que diziam dele...

Só ficando pensando:
Como é que um professor de História se sentirá,
No reino de Deus,
Na ausência de espaço e tempo,

Agora que virou História?
Objeto de análise
Sem nenhum objetivo?

Apertará as mãos de Deus,
Tremendo com um menino,

Sendo Deus,
Um tremendo Senhor
De todos os tempos
E de todas as estórias?

"Delícia"

Sobreviventes do Nazismo existirão para
sempre,

Porque a maldade só muda de nome

Sobreviventes do Comunismo

Do Fascismo

Do Stalinismo

Do Capitalismo

Do Neoliberalismo

E do programa do Chacrinha

O que não há
E jamais haverá
São sobreviventes desta vida

Insana
Mundana
Corriqueira
Malvada

Enfim,
Deliciosa

Porque, neste mundo,
Se sofre com prazer

"Pirulitos"

Vivemos uma era de extremos

O demo ou o demo

Tenho pena das pessoas e das urnas eleitorais

Pequenos demônios não apagam estrelas

Nem fazem sombra ao sol

Vivem uma vida pequenina

Não são de Deus
Porque odeiam
A outra criança
Por causa de seus brinquedos

Odeiam o demo também

Esse as escraviza
Ostentando pirulitos coloridos

"Tijolos"

Em janeiro, fevereiro
Em fevereiro, março
Em março, abril
Em abril, maio
Em maio, junho
Em junho, julho

Em julho, agosto
Em agosto, setembro
Em setembro, outubro
Em outubro, novembro
Em novembro, dezembro
Em dezembro, nunca mais

Adia, adia...

Os dias não choram

Os meses não suplicam

A vida segue, como carriola cheia de tijolos

O que construirás,
Se não sabes
A fissura dos meses?

"Apesar"

Ando pensando se Deus existe,
Se existe além das ideias,
Além das imagens

Igrejas ostentam Deus fora da Palavra,
Embora a Palavra seja a Sua herança

Mas, justamente, Deus existe fora do
pensamento,
O pensamento cansa a ideia de Deus

Todas as filosofias pregam isso,
Quiçá não preguem nada

Olho os pássaros do céu e as flores nas janelas

Elas também existem apesar do pensamento

Eu também existo apesar do pensamento

Para que ele serve, então? O pensamento?

Serve para nos colocarmos no mundo como
seres que pensam
E esta obviedade cansa ao virar as páginas dos
livros de filosofia... e História... e religião...

(Pensar sempre foi perigoso,
Brasil, mostra o teu tormento,
O povo exibe as suas escaras,
O sofrimento faz a gente delirar)

A coisas não têm nada com isso,
Quiçá sejam projeção do pensamento

Se eu as penso e Deus também,
Que elas sirvam para aumentar
A minha fé na vida

A vida é um ato de fé
Que tudo o que exista, exista além de tudo

Pensar nelas é afirmar que elas existem além de
qualquer coisa
Quase todas as filosofias pregam isso

As que não pregam, pregam o homem na parede,
na cruz de ferro do cerebralismo

Ser pessimista não faz as coisas não existirem

Apenas retira delas a pureza do dia da criação

"Desencontros e contornos"

Às vezes é preciso dar um contorno

Mas as coisas desencontradas
Têm mais arte sem contorno

Despregam-se mais facilmente do papel e
ganham vida

Se lhes falta algo?

Será?

Nós fomos feitos com amor, com capricho, mas
sem contorno algum

Papai e mamãe brincavam sem lápis de cor

A cegonha só tinha o azul do céu

Despregamo-nos do aço da vida e ganhamos o
mundo

Poemas às vezes precisam de contorno porque
ficam para a História e não para a vida

A vida vivida e principalmente as vidas sofridas
ganham contornos próprios

Aí, sim, somos verdadeiramente belos

Reais, enormes

"Perfume"

A rosa é palavra feminina,
Mas é nas mãos do homem
Que ela se consuma

A flor
Ô, Flor
Se tu flores,
Eu também vou

Foi quando criaram a palavra flora,
Mãe natureza,
Deusa mulher,
Que se insinua a si mesma,

Como a própria beleza
Consome a sua carne,

E sendo inevitável a ela mesma,
Seduz o senhor machado,
Seu escravo inevitável

Quando uma flor morre,
É porque havia um mar dentro da flor
A ser consumido pelo fogo

E o resto,
Será flor,
Perfume de mulher madura,
Eternidade de menina

"Pleonasmo"

"Perdoai-nos as nossas ofensas..."

Tantas vezes Safo,
(Noutras, safado)

Muitas vezes boca de lobo,

Às vezes ronco de sapo
No lodo da vida

Deus não é bobo
E faz o povo
Pedir desculpas mil vezes

Se o povo é culpado,
Nem Deus sabe

Onde cabe o perdão,
Cabe também o pleonasmo

"Funk da ambulância de pobre"

Eu não sei é rock, pagode
Samba-enredo ou cambalacho,
mas ambulância de pobre,
na hora da morte,
Sempre toca mais baixo...

Eu não sei é tiro perdido
Ou se é corre-corre,
Mas rico não morre,
Rico não chora
Aquilo que é da alma
A sua versão desmontada

Quem morre é o pobre,
E tenho essas rimas,
Porre de quem só devora
Os ossos da vida,
Uma puta porrada na cara
Que me desmonta por completo,
Como sede da mais rara e vã palavra

Assim como quem é do funk
É mais é movimento
E não é outro ritmo
E não é outra estória,

Funkeiro não morre,
Funkeiro não corre,
Funkeiro não chora,
Funkeiro evapora

E se sabe de si mesmo,

Como quem sabe onde mora
O ladrão dos seus versos,

Funkeiro quando vai embora
Enterra o sopro do corpo
No latão de lixo
De sua triste memória

Na lata de lixo oh oh oh
Na lata de lixo

"Coisinha"

Deus criou-nos mortais,
Seres o(a)bjetos
Sem nenhuma paz,

Num papo direto e reto
Depois de Adão e Eva,

Para que, seres de treva,
Soubéssemos que a criação é eterna

(Podemos criar,
Mas sem a pureza
Do dia da criação)

"Fruta"

Em terra
Enterra
In terra
Me in terra

Só estarei concluso
Quando for parte da terra

Só serei perfeito
Quando for fruto

Quando for fruto,
Porque poesia é luta,
Poesia é fruta:
Coisa meia, inteira:
E nisso está toda
A (des)graça do mundo

"Artifício"

Está de luto o curto preconceito que nos anima

Animar-se com o que desensina, eis o país nos
idos de hoje

Animar-se com um pássaro ferido

Ou com uma borboleta alfinetada

Vocês vão à frente, nós atrás, os senhores
juraram defender o país até à morte, não
decepcionem os palhaços e os coveiros, vossos
insípidos parentes

O inimigo é caseiro, direita contra esquerda,
destempero do nada, razão sem razão e o
coração, pessoano, comboio de cordas
(Há uns que vão e voltam, o que serão?)

Irmão contra irmão, criança contra criança,
infância contra infância, homem contra homem,
mulheres deveriam ser a favor de mulheres no
poder, estas, sim, que carregam e criam o
mundo, com suas barrigas que não dormem

Mulheres, levitando como as Amazonas, água,
balão, balaios da morte

E o sangue sempre se derramará vermelho,
Quiçá nossa bandeira desfraldada em banheiros
públicos, lugares dos mais respeitosos, seja
verde, amarela, azul e norte-americana

O que quer o dono do poder,
Senão a morte do que não é espelho?

Narciso, só vê a si mesmo

Os que morrem não são precisos ou preciosos

O que vale é o fogo de artifício

E a imoralidade da impressora,

Que divulga a covardia

E eu digo, do profundo de mim, como as pessoas
são manipuladas! Manipuláveis!

Brasil, este celeiro de loucos

"Men at work"

Obras se estendem em horários inadequados

O sono é sagrado
Há lei para isso

Mas não entendem que máquinas e homens
(Men at work)
Estão dormindo enquanto trabalham

Poderiam estar conforme à sua natureza,
Amando, cantando, sonhando, criando filhos,
fazendo o bem

Mas não que façam o mal

Estão apenas dormindo

O sistema é o anastésico mais poderoso que
existe

Olhe estes homens e máquinas:
Estão anestesiados,

Dormindo, como sinos

"Vício"

Construí uma ponte para desunir nós dois,
Tão desunidos já estávamos

Eu passava para o outro lado,
Você para o outro,
(Sem que percebêssemos)

Como o mesmo vinil, lados A e B,
Que não se comunicam jamais,

E assim fomos quase a vida inteira nos
afastando,

Como os semáforos costumam fazer,
Pois ou abrem ou fecham

Até que nos jogamos, ao mesmo tempo, ponte
abaixo e morremos no concreto nós dois

A morte nos uniu e nos unirá para sempre,
Embora não olhemos nunca um na cara do outro

O amor é uma coisa que desune, de certa forma,
o grande amor, e não certas aventuras de pular
janelas ou roubar as rosas mais bonitas

Ficamos tão viciados um no outro,

Que não nos suportamos mais

"Amasso"

As pessoas que nunca conseguimos,
As que nos negaram um aperto de mão, um beijo
ou um abraço,
Aquele amasso bem dado de juventude,
(Quiçá amassem forma e conteúdo)
O beijo de língua, o sexo de fogo,
São as pessoas que mais prestaram atenção em
nós e as que mais conseguimos, na verdade, em
toda a vida

São as que, sem percebermos, estiveram mais
próximas de nós

Porque as pessoas não querem ser "conseguidas"

As pessoas querem ser amadas, desejadas com
pureza, possuídas com carinho

(Verdade que o tempo e estética nenhuma não
conseguem apagar)

"Velhice"

Quando somos crianças,
As palavras que mais importam são:

Papai, mamãe, vovô, vovó, xixi e solenemente,
Na hora do aperto,
Convocar o Almirante Barroso

Quando adolescentes,
As palavras que mais importam são:
Eu te amo, eu te quero, vc é tudo pra mim, gata,
Nossas bocas ardem como fogo,
O amor só é possível porque estamos flutuando
no ar

Quando ficamos mais velhos,
As coisas adquirem um tom de despedida,
Temos os olhos profundos
Nas rasuras da vida,

E aí nenhuma palavra importa mais,
Embora sejamos mais um dicionário do que um
parque de diversões

O imenso adeus que damos ao mundo
É dado num aceno
Ou no mais profundo silêncio

"Loiraça Mustang"

Loiraça Mustang,
Você não tem meu sangue,
Mas é sangue bom

O maior vexame

É este beijo,
Incrustado como ostra

Me ouça:
Tire a roupa
Enquanto respiro

Porque depois, Loiraça Mustang,
Vai ser amor verdadeiro,
Meu corpo dentro do seu

Façamos silêncio,
Mais que um filho,
Mais que poucas lágrimas,
(Que são palavras invertidas)

Aço barato,
Arma nuclear,
Este amor,
Como santo de barro,
Vazio de vida

Loiraça Mustang,
Minha ilha distante,
Meu paraíso reconquistado

Acorde de manhã
E veja que parti
Sem desculpa alguma

Não sou para ti,
Loiraça Mustang,
Só quero
Seu sorriso indisfarçável

E quero seu sexo,
Atriz de drama,
Fogão a gás,
Insípida chama,

Tiroteio cruzado,
Gasolina mágica,
Paraíso assim ferrado
Onde existe um deus

A dura pirotecnia destes versos,
Pobres, mas seus

"Antimatéria"

Sou vidrado em Fernando Pessoa
E ele é feito de aço

Lágrimas, lágrimas de Portugal

Bem, e o tempo?

O tempo é antimatéria,
Destrói tudo,
Menos o sonho, a catarse,
E a felicidade extrema
De tê-lo lido um dia

E ter feito Dele
O meu disfarce

"O céu da minha terra"

Quando eu era criança, pensava que a morte não
chegaria nunca
Morrer era algo como construir brinquedos que
logo seriam abandonados

Quando jovem, nem pensava na morte,
Bêbado estava de paixões mundanas
E com a calça jeans ensopada de literatura e
virilidade barata:
Hoje, meus versos se levantam contra a
brutalidade do mundo, galáxias distantes fazem
amor comigo, quero mais a palavra que a ideia, o
contraponto à melodia, o sono ao sonho fácil,
desditoso

Adulto, não tinha muito tempo para pensar nisso,
embora pensasse que com a morte, pudesse
perder dinheiro, pobres castelos de areia,
imensidão que se perdeu dentro de um bolso

Velho, tenho muito medo dela
E não sei porquê,

Se depois de morto,
Voltarei a ser criança
E sonhar com dias azuis,

Como o céu da minha terra

"Saudade"

Rojões há aos milhões!

Quando os soltávamos, havia uma alegria
imensa dentro de nós!

Tempo de meu pai,
De minha mãe, de meus irmãos,
De meus amigos, de Nides
Fazendo o bolo de milho,
Das festas juninas,
Dos doces de minha avó!

Hoje não há rojões...

Uma estrela cadente risca o firmamento...

E soltos, em pensamento,
Como se fossem ao céu
Por outro motivo que não a alegria,

Alegria que quase perdemos
Porque não mais soltamos rojões,

E o tempo passou, passou,
Como tristeza desastrada,
Raiva ansiosa e explosiva
Em nossos corações,

Que saudade, que saudade,
Que saudade há dentro de nós!

"O guardador de carros"

O guardador de carros pensou que era um
guardador de rebanhos

E quando bandidos roubaram um carro,
Agiu como se fosse a ovelha perdida

Levou 5 tiros no peito ao tentar salva-la

Bem se vê que carros não são ovelhas

Ovelhas não são carros

Onde ele morreu há uma mancha vermelha,
Como um rio ao contrário,
De forte correnteza

Essa mancha, santa,
Não sai nem com reza brava

"Cala a boca"

Demorei décadas para entender, na verdade só
entendi agora neste momento, que foi um cala a
boca, um imenso cala a boca o que você me deu:
Aquele menino de Penápolis tinha de morrer

Todo o mimo,
Todo o ranço,
Todo o carinho recebido,
As esfihas da Nides,

Os sonhos da Nides,
Meu pai, minha mãe,
Meus irmãos, primos e amigos,
Os pés descalços e o futebol às sextas-feiras
Teriam de se acostumar à
Vida de juiz

No lugar de tudo isso,
O verniz que nunca tive,
A educação que nunca tive,
O adeus ao ócio com dignidade,
A frieza de quem marcha no mundo,
O agravo, a sentença, a apelação,
Os olhos escondidos por óculos escuros,
Livros, livros e livros de direito penal

Até que um dia eu acordaria,
Faria as malas, iria embora
Do nosso impossível convívio,

(Cala a boca, sim, um cala a boca)

E veria que eu quis ser tudo nesta vida,

Mas o que eu mais quis ser
Foi aquele menino de Penápolis

"Yoko"

Não se sabe se Yoko
Teve outro John
Que fosse Lennon...
Amar é não saber

Não se sabe se John
Teve outra Yoko
Que não fosse
Um outro caso de um amor
Qualquer

Entre dois poetas,
Imagine...
Amar não é outra coisa
Que desconhecer

"Santidade"

Muitos querem ser santos perfeitos

Não querem ter pensamentos impuros,
Uma nódoa sequer na alma limpa

E como se cobram!
Como se desgastam!

Mas nós não somos assim

Repara que uma dona de casa limpa a casa todos
os dias

Que varre o quintal todos os dias

Que lava louça todos os dias

Que lava a roupa sempre que é possível

Nós somos assim

O importante não é não pecar

Mas pecar e limpar a casa

Pecar e varrer o quintal

Pecar e lavar a louça

Pecar e lavar a roupa

É assim que somos

Assim e só assim seremos santos

O dia se santifica na balbúrdia, na bagunça, no
atropelo

"Onde a luz se amarra?"

Por sombra
Entendo eu
O lugar
Onde a luz
Não se amarra

Onde se preclara
Essa translúcida senhora,

Eis a sede que

a luz do sol
semeia

A fome
que a lua
bombardeia,

última sereia
depois das apólices vencidas
de tu'alma,

parteira e mãe
do apocalipse,
fiel apostolado,
rarefeita eclipse,
brinquedo que nos é
uma criança exausta,

vela que clareia
além de si
a imensidão do cosmos
e a última fogueira cabralina

Ser como um rio?

Ser como o riso?

Ou mais preciso
Que a ideia a fio?

O destino que se cumpra,
se destino for

Eu apenas quero a flor

de uma última penumbra,

onde a sombra,
entendo eu,
é apenas o lugar
onde a luz
não se amarra
e por isso mesmo
pode declarar-se
verdadeiramente

"Antecipação"

Sempre dizem que não fui nada

Pior: que não consegui ser nada, apesar de algum
esforço, aliás, muito esforço de levar no meu
pescoço, toneladas de decepçao

Talvez eu antecipe meu corpo no caixão,
As velas, a compaixão, o cinismo de alguma
oração, a quietude, as cinzas, com que brinquei a
vida inteira
(Só faltou pôr fogo em mim, na minha
biblioteca, na mulher quase amada)

Voltaremos ao nada, ao nada mesmo,
E isso não é uma coisa triste

Pois, como dizia o Fernando Pessoa,
Tivemos em nós todos os sonhos do mundo

Tive em mim todas as alegrias

Todos os momentos bons

Alguma felicidade, essa de andar sem olhar pra
trás

E também todas as tristezas,
Todas as lágrimas,
Sou triste como um cachorro abandonado,
Depois de anos latindo no quintal

É assim...

Poderia ser de outro modo?

Tive em mim todos os sonhos do mundo

"Arquimedes"

"Deem-me um ponto de apoio que moverei a
Terra"

Banidos, desvalidos, covardes,
Pobres de espírito, miseráveis,
Poetas, abandonados, desordeiros,
Almas perdidas de todos os cantos,

Me deem um mote,
Um verso qualquer,
Que a poesia vai salvar o mundo

"Prontuários"

Ando pensando nos dias,
Se é que me é permitido pensar,
São dias difíceis neste país,
Depois da Bandeira raptada
Pelo homem da motocicleta envenenada

Que autoridade ele tem?

E os dias me percorrem,
Como rodas de moinhos,
O trigo de mim é ausência
Da minha humanidade barata

Os dias me percorrem

Percorrem o meu pensamento,
As minhas labaredas internas,
Os meus prontuários,
Os meus vales,
As minhas montanhas

Deixam sua marca nos sulcos do meu rosto

Quiçá eu percorresse os dias
Faria deles matéria de poesia,
Alguma poesia, é o que posso

Mas os dias são assim

São do inefável, mas também da carne dos
meses e os meses sangram como mulheres

Deixam sua marca porque a maioria deles se faz
esquecida

Lembra-se daquele dia?

Pois lembro!

É assim que se eternizam

No esquecimento, no alembramento, no prato
feito da memória

As vezes são jantares magníficos,
Como os de Eça de Queiroz

Esquecemos da camisa com que se vestiam

Pois vista tu os dias,
Com a roupa simples que tu tens

Desse pequeno quarto,
Que é tua vida,
Onde tu vives e sonhas,
Vista os dias

Dessa janela,
Aberta ao incogniscível

Espero ainda por um país melhor

Os dias se vestem do poder maldado

Nada posso contra isso,
Senão as chamas do meu corpo

"Children's corner"

O menino na esquina ia falando de seres de outro
planeta
E meus olhos iam se arregalando,
Arregalando,
Arregalando,
Eu deveria ter uns 6 anos,

Até que meu pai ficou bravo:
Larga de ser bobo, menino,
Isso não existe!

Que tempo bom!

Nunca vi seres de outro planeta como os
imaginei naquele dia

E pensar que hoje fecho os olhos
Quando vejo certos homens
Deste mundo

"Preta"

Preta era uma moça experiente,
Embora fosse cheia de sonhos

Preta era muito vivida para os seus 28 anos

O que dizer dela,
Se os céus de Penápolis eram azuis
E as noites eram claras

Por causa do luar?

Preta era seu apelido,
Porque Preta não tinha cor

Que saudades!

Preta ensinou-me tudo do amor

E que perfume de capim virgem havia no ar!

Éramos todos virgens
Naquela Penápolis dos anos 90

Virgens porque acreditávamos num mundo
melhor

Virgens porque acreditávamos no amor

Por onde andará Preta?

Por onde andarão meus amigos?

Que perfume de capim virgem havia no ar!

"Estrada dos sonhos"

Se pegarmos todos os livros que foram escritos
desde o começo da humanidade até hoje,

Daria para pavimentar uma estrada com livros,
Onde o sol vem se deitar,

Onde a lua vem brincar com as estrelas

Caminharíamos sobre palavras?

Eu penso que mais...

Caminharíamos sobre a estória de mulheres e
homens que deram suas vidas pelo progresso do
mundo

Caminharíamos sobre sonhos

"Humanidades"

Santo, ao contrário do que muitos pensam,
Não é quem faz santidades

Quem derruba sangue
Ou faz centenas de milagres
Em ferocíssimas cruzadas

Não: santo é quem faz humanidades,

Como um prato feito num bar barato,

E muitas vezes é homem,
Muitas vezes é rato,

E sem ilusão de ótica,

É mais ou menos exato,

Como severa prova de lógica:

Pois Jesus foi carne,
Muito antes de ser Deus,

E isso dói até hoje,
Como verdade antiga, cristã, pós-moderna,
Medieval, satírica ou gótica

"Culpa"

O galo anuncia a luz

O gato, a escuridão

Mas não que sejam inimigos,
Quando, na verdade, o são

A culpa é dos homens,
Que se perdem nelas

A culpa é dos homens,
Que se perdem aos meios-dias

Quem dá milho aos pombos,
Anuncia a infância

O mundo não se cansa de girar
E destruir literaturas

"Poeminha"

O mundo, quando gira,
Cai, não cai

O coração, quando pira,
Dói, não dói

Tudo é um não sei, não sei

A invenção é lei da vida
A fantasia é danação

O mundo, quando pira,
Dói, não dói

O coração, quando se vira,
Vai, não vai

"Justiça"

Eram muito brigões,
Ela e o marido

Mexiam com magia negra
E macumba

Quando a coisa saiu do controle,
E os demônios, por vingança,
Quebraram a casa inteira,
Copos, panelas e TVs,

E entortaram garfos e facas,

Não tiveram dúvida:
Processaram o diabo

"De falsoverdadeiro"

De tanto assistir a Cinema Paradiso, já não
conseguia mais chorar.
Mas precisava desse choro, desse claro enigma,
desse desaguadouro, desse aguaceiro.
Entrava com roupa e tudo debaixo do chuveiro e
fingia que estava tomando chuva.
Bem que poderia ser outro clássico, "Cantando na
chuva", mas era mesmo Cinema Paradiso.
E quando a água caía do chuveiro, ele fingia que
chorava, de roupa e tudo.
Estava muito acostumado a chorar, sobretudo na
cena final.
Por que não chorava mais?
Por que a vida o tinha deixado tão amargo?
Pois ele ficava lá, 40, 50 minutos debaixo d'água,
fingindo que chorava.
E chorava mesmo, só que era um choro de
cinema.
De tanto fazer isso, desacostumou-se.
Lá tudo era falsoverdadeiro.
O choro, a chuva, as roupas molhadas e o
chuveiro.
Tudo era verdadeiro e falso, pois, de verdadeiro,
só a água do chuveiro.

Depois dormia com a televisão ligada, à espera de outros clássicos.
Que não vinham.
A violência tinha tomado conta do mundo.
Quem toma conta de mim ainda está para nascer.
Dormia. Mas com a TV ligada.

"Sabor a mi"

Meu pai deu de cantar numa festa na casa do Peter.
Sua especialidade, boleros.
Cantou 'Sabor a mi', um bolero não tão antigo para aqueles anos 80.
Meus amigos acharam graça, ficavam troçando, afinal, gostavam de rock, Men at Work, Gil, Barão, Sting e U2, entre outros.
Mas eu fiquei muito entusiasmado com o vozeirão que meu pai tinha, afinal, ele era meu pai e tudo o que ele fazia era maravilhoso para mim.
Num momento de besteira, falei para uma amiga: o que você acha?
Ela morreu de rir e disse: ele parece um cantor de chuveiro ou de churrascaria.
Não fiquei ofendido, tão maravilhado eu estava.

"Pasarán más de mil años, muchos más
Yo no sé si tenga amor la eternidad"

Meus amigos espalharam tudo isso na escola e todo mundo riu de mim. Nem liguei.

A menina da qual eu gostava, olhou-me com
malícia, nunca me esqueço disso.
Eu gostava mesmo dela?

Hoje, 37 anos mais tarde, lembro de tudo isso,
desta festa e meu pai cantando boleros, com
saudade.
Existirá amor na eternidade?

"Picasso"

Um dia, todos nós saberemos quem fomos em
todas as vidas que tivemos

Aí juntaremos todos os cacos
E os colaremos com cuspe,

Como numa pintura de Picasso

Seremos melhores?

O que isso importa?

Seremos as janelas
E as portas de nós mesmos

O que vai acontecer, não sei

Somos acrílico moderno,
Pintura multicolor,
Sonata dissonante

Não há pretensão alguma de eternidade

Eterno é Deus,
Que permitiu essa sã barbaridade

"Mundo velho sem porteira"

Desde que o mundo é mundo,
Uma geração mais velha convive com uma
geração mais nova
E assim, velhas ideias e novas ideias são
compartilhadas

As mais velhas, conforme desaparecem, levam
parte das gerações mais novas,
E o paraíso fica cheio de coisas modernas,
(Desafio imenso para Jesus, que não envelhece)

E as mais novas ficam com tudo o que é preciso
para tocar para frente este mundo velho sem
porteira
(Mulher nova, parideira,
Mulher velha, peidorreira)

E assim, entre o novo e o eterno,
As coisas rolam

O homem sempre é quase o mesmo
Debaixo de diversas estrelas

"Quebra-cabeças"

O quebra-cabeças da vida se faz aos poucos

Vamos colocando peças vagarosamente

Daí vem um doido como Deus e tira peças do
lugar

Daí vem um louco como Deus e rouba muitas
peças

Como deve doer ser Deus
E mexer no quebra-cabeças dos outros

País indo embora, amigos sumindo

Que tem Deus de mexer no quebra-cabeças da
gente?

Meu Deus, como dói!

"Sanfoneiro doido"

Meu pai gostava de boleros

Mas tinha muito orgulho
Que eu ouvisse música clássica,

Achava isso uma coisa linda,
Uma coisa digna dos deuses

Depois de sua morte,
Meu pai se tornou um clássico

E eu,
Ciente de todas as minhas misérias,

Virei um sanfoneiro doido

"C'est la merde"

De mim, pra ti

De ti, pro mundo

Por que sempre
Tenho que ser pobre,
Paupérrimo,

E destinar sempre
Minha inútil prosopopeia
Somente para ti,

Que és,
'C'est la merde",
Sartriana,
Completa feijoada?

"Maria"

A coroa da imagem de Nossa Senhora sai
facilmente de Sua cabeça,
Ao contrário da coroa de espinhos de Nosso
Senhor Jesus Cristo, sua marca de sangue
derramado por nós, aura indelével, de passarinho
abatido

Na verdade, fomos nós que a colocamos lá,
Na cabeça de tão querida deusa

Imagino como deve ser a coroa na cabeça da tão
amada Nossa Senhora,
Ela, sempre menina, criança sagrada, indefesa,
Mas que cala os homens, por sua imensa beleza
e retidão,
Máquina de costura de nossos pecados maiores

Mas isto tem um porquê

O povo clama por Sua intercessão, sempre

Por causa de mortes
Doenças
Perdas materiais
Perdões
Promessas

Muitas vezes, Nossa Senhora
Tem que ser simplesmente Maria

É aí que Sua Glória é maior
É aí que Sua presença se multiplica

"Não se sabe"

Que seja coisa consagrada, não se sabe

Mas o consagrado em tudo cabe

Pois, o que está para vir, não cabe,
Nem o despreparado ou o novo,
Que se sabe ou não

Que coisa isso de o consagrado caber em tudo
E não saber se cabe

Imaginem Beethoven de sunga,
Chupando um pirulito!

Pois isso o povo aceita e sabe

A criança que nasce,
Que faça doutorado
Na escola da vida,

E nas sérias de todas as classes

"Adeus, meu amigo"

Adeus, meu amigo:
Apesar de ti, parto sem direção,
Com o coração na mão
E os pés pelas estrelas

Nunca mais me convide,

não retornarei:
Meu revide é óbvia oração,
Eu clamo pelos seus pecados

Algo da infância
Ficará em nós eternamente,
Como duas bolas perdidas
Descendo a rua da lembrança

E o que se perder
É porque não havia de ficar,
Nem que fôssemos dois loucos
Ou apenas um de nós
Fosse astronauta

A graça de viver
Em nós inda reside,
Apesar de todas as maiúsculas
Desgraças dessa vida

Das minúsculas alegrias,
Esse grilo em sua garganta,
Como quem espanta pelo canto
Toda artimanha de quem canta

Adeus, meu amigo,
Eu parto sem direção,
Mas levo comigo
Essa tristíssima canção

Algo da infância
Ficará em nós eternamente...

E o que se perder
É porque não havia mesmo de ficar

Nem que fôssemos dois loucos,
Dois sobreviventes
Dessa miséria certa;

Nem que fôssemos dois loucos,
Ou apenas um de nós
Fosse astronauta...

Fosse que fosse,
Fosse talvez poeta
Um poeta, tu dirias...
Sem espanto em tua voz...

Fim